Stark genug um schwach zu sein

Stark genug
um schwach zu sein

Poetische Texte,
gesammelt und herausgegeben
von
Kristiane Allert-Wybranietz

Illustrationen
von
Norbert Härtl

WILHELM HEYNE VERLAG
MÜNCHEN

Gesamtgestaltung: Art & Design Härtl, München
Satz: Kort Satz GmbH, München
Druck und Bindung: RMO-Druck, München
ISBN 3-453-06316-3

Vorwort

Vom Verlag gebeten, ein Vorwort zu diesem Buch zu schreiben, sitze ich zunächst etwas hilflos da. Ich mag Vorworte nur bedingt; und da ich sicher bin, daß die Texte in diesem neuen Sammelband *stark* genug sind, um für sich selbst zu sprechen, will ich das Vorwort nutzen, um an dieser Stelle einmal meinen Dank auszusprechen.
Zuerst meinen Dank an die Autoren. Ohne ihre Texte könnte ein Band wie dieser gar nicht entstehen.
Besonderen Dank an einen der Autoren: Frank Suchland. Er hat außer einem Text auch noch die Titelidee »Stark genug, um schwach zu sein« geliefert. Unter dieses Motto hatte der erfolgreiche Liedermacher vor einigen Jahren eine Auftrittsreihe gestellt.
Außerdem Dank an den Verlag. Ohne seine Bereitschaft, einen Sammelband mit Texten von mehr oder weniger unbekannten Autoren herauszugeben, könnte ein Buch wie dieses nicht erscheinen.
Ihnen, lieber Leser, wünsche ich, daß Sie die Muße finden, sich von den Texten ansprechen, anregen und berühren zu lassen.

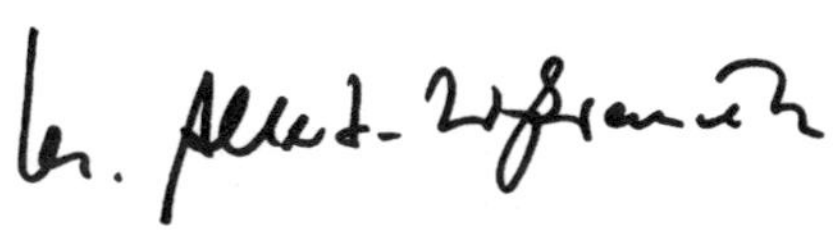

»Wenn ich gefragt werde, warum ich schreibe, weiß ich es nicht. Wenn ich nicht gefragt werde, weiß ich es. Befinden sich Poeten nicht aber (dies wäre vielleicht eine Antwort) in schöner Komplizenschaft mit Kindern, Narren und Liebenden?«
Heiner Feldhoff

»Gedichte haben mir eine Möglichkeit geboten, meine Gefühle ausbrechen zu lassen..., und Gedichte haben mir die Tür zum Leben aufgestoßen. Ich mag Gedichte, die man immer wieder lesen kann, ohne sich belehrt zu fühlen –, die sich jedesmal in mich einschleichen und ein stilles Echo erzeugen... Dann ist es Poesie, die man sonst nur im Leben finden kann. Wenn das gelingt, werden Gedichte lebendig.«
Christian Leidl

»Warum ich schreibe?« ... Um ein Übermaß an Freude oder Angst erträglich zu machen, um Gedanken zu sammeln und Probleme in den Griff zu kriegen. Schreiben – eine Art der Lebensäußerung.«
Erwine Schulte-Mohn

»Im Alter von fünf Jahren begann meine schriftstellerische Arbeit mit dem ersten von mir handgeschriebenen Satz: HEINER IST WEG. Seitdem frage ich mich, wo Heiner ist und versuche, ihn schreibend einzuholen.«
Andrascz Jaromir Weigoni

»Gedichte zu schreiben, ist für mich die intensivste Begegnung mit Farben, Gerüchen und Klängen des Lebens. Es gestattet mir, durch eine Form der Selbstfindung auf gewisse Fragen unserer Existenz mit meinen Möglichkeiten zu antworten.«
Ulf Steindl

»Schreiben verstehe ich inzwischen als eine Form von Meditation, in der ich tiefere Einblicke gewinne, Lösungen und Antworten finde, aus der ich eine gewisse Ruhe und Sicherheit beziehe, mit deren Hilfe ich mich und das Leben besser kennenlerne. Schreibend entstehen dann häufig auch Ratschläge und Anstöße zum Weiterdenken, nicht zuletzt auch an mich selbst gerichtet, die mir noch Jahre später weiterhelfen.«
Sabine Meyer

»Das Schreiben ist für mich ein Ventil für Emotionen, die sich durch Berührung mit Menschen, Orten, Musik, durch Wind und Wetter aufbauen.«
Anja Nelleßen

»Grundsätzlich ist das Schreiben für mich etwas Elementares, ist ein Muß aus innerem Drang heraus. Mit meinem Produkt Literatur will ich Trost und Hilfestellung geben, Freude und Unterhaltung bringen sowie Denkanstöße vermitteln.«
Winfriede Kohlmeigner

»Schreiben ist für mich auch eine Form der Auseinandersetzung mit mir selbst, eine Möglichkeit, mich mir durch genaue Erinnerung zu nähern und mit mir ins Reine zu kommen.«
Rüdiger Stüwe

»Als Werbeberaterin im Bereich Investitionsgüter versuche ich, in eine rationale Welt der Manager eine Prise Gefühl einzubringen ...«
Manuela Stier

»In der Düsternis unserer heutigen Zeit bietet sich genug Orientierung, um auf Wörterjagd zu gehen. Unblutig.«
Thomas Griesbacher

Ich schreibe Gedichte, weil man so – mit wenigen Worten – unheimlich viel ausdrücken kann. Ich kann mir Gedanken von der Seele schreiben, und sie bleiben doch für jeden interpretierbar.«
Claudia Vibrans

»Ich schreibe Lyrik, weil ich damit Nachdenklichkeit, Kreativität gelegentlich mit Provokation kombinieren kann ...«
Axel Schlote

»Jeder ehrliche Gedanke ist es wert, gehört zu werden, ob nun in Worten, Versen oder einer anderen Sprache (Photographie, Malerei). Ich greife auf all diese Mittel zurück, wobei ich mich durch Schreiben am persönlichsten ausdrücken kann.«
Paul Schurr

Marita Ahsendorf

Im Kriegsgebiet
der Gefühle
lassen wir
Kinder
auch noch
zwischen blinden
Haß-, Rache- und
Rechtsgefühlen
sowie
materiellen Interessen
Spießruten laufen.

Ein Beweis,
daß wir den Teufel
schon längst
überholt haben.

Zeit,
endlich etwas
zu tun,
um unseren Kindern
die Hölle
zu ersparen.

Helga Beurer

Liebe

ein sensibles Wesen
weist Forderungen von sich
mag überrascht werden
stirbt den Hungertod
durch unerfüllte Träume
will ermutigt werden
fliegt davon
wenn Abhängigkeit
ihr den Boden entzieht
wehrt sich gegen Bedingungen
überlebt
ausschließlich
in freiem Raum

Ingo Biallas

Versteckte Hände

Wie kommt
es bloß,
fragte er
verzweifelt,
daß die Sonne
nicht mehr
aufgehen will,
und hielt
in versteckten Händen
verstohlen
die Nacht.

Christine Bienert

Straßenasphalt

Grau und trostlos
glänzt der Asphalt.

Mit seinem starren Panzer
zwängt er die Natur zu Boden.

Die harte Decke lastet schwer,
nimmt ihr die Luft zum Atmen.

Vorübergehend.

Sie gibt nicht auf,
bahnt sich mit Kraft
einen Weg,
einen winzigen Spalt,
der eine Pflanze
zu neuem Leben erblühen läßt.

Grün und hoffnungsvoll
leuchtet sie aus dem Asphalt.

Wolfgang Bittner

Konterbande

Über eine rostige Brücke
trage ich manchmal Gedichte
zu den verfallenen Lagerhallen,
lege sie heimlich dort ab.

Kirchturmspitzen schauen
durch zerbrochene Fenster,
in der Ferne
rauscht der Verkehr.

Aber bei Neumond
belebt sich der Kai,
Schiffe gehen vor Anker
und werden lautlos beladen.

Günter Born

fazit

für die ketten
hat man uns worte gegeben
wortwolken
lügenwüsten
für die schläfen einen traum
vom siebenstelligen glück
für den tag die resignation
für den abend die hoffnung
was ist aus uns geworden
freund

und ehemals waren die wolken
weiße kumpanen
ehemals über die bachschnelle
flog unser herz
eine libelle aus sonnenlicht
eine lerche aus feuer
was ist uns geblieben
freund

nichts als die abendliche
hoffnung
und die wortketten
schwer an unseren händen

Günter Born

abschied

du hattest die sonne
für deinen abschied bestellt
du gingst langsam
über abgeerntete felder
warst nur noch fotografie
oder auch vogelscheuche
in einem fremden garten

auf dünnen beinen
gingen meine worte dir nach

ich stand
gelehnt an unser muschelhaus
und wußte nicht einmal
ob du weintest

du gingst unabänderlich
und ich lebte weiter

Lollo Britsch

Wenn ich liebe, bin ich nicht gewohnt zu rationieren. Und ich nehme auch von dir keine Bezugsscheine an.

Monica Buchfeld

damen – haft

elegant
reizend
stilvoll
charmant
dezent
vornehm

wohlerzogen
zurückhaltend
unauffällig

& außer –

ordentlich

be – herrscht

Gisela Conring

Ohne Zensur

Sieger – Verlierer
schwarzer Himmel
verbrannte Erde
Übriggebliebene
Menschen
suchen in der
Vergangenheit
schreien mit
erloschenen
Augen
geschlossenem
Mund
VATER
MUTTER
KIND
nicht Wasser
noch Brot
Wo bist du
GOTT

Siegerlachen
zensurlos
auf allen
Kanälen

Waldemar Diedrich

INTERVIEW

Einer, in Lagern
jahrelang
gefangengehalten,
gequält und fast
zu Tode geschunden,
sagte, von Reportern
nach Einzelheiten
befragt:
Wie schön ist der Mensch,
wenn er ein Mensch ist.
Nichts weiter.

Waldemar Diedrich

KLEINSTADT, NACHTS

Die erloschenen
Augen der Häuser.
Die verschlossenen
Türen.

Der Sockel
eines Denkmals,
der unter der Last
seines gestiefelten
Helden stöhnt.

Der Marktplatz,
der den Tratsch
der alten Tanten
wiederkäut.

Der Wind,
der den Pappeln
das Wiedergekäute
weitererzählt.

Renate Eggert-Schwarten

HERAUSFORDERUNG

Durch die Ritzen des Verschlags,
in den ich mich zurückzog,
als das Unfaßbare
mich fassen wollte,
tropft unaufhaltsam die Wahrheit.

Bald wird sie mir bis zum Hals stehen,
und ich werde
wählen müssen.

Paul Esser

Keine Szene

Die Espressomaschine schwimmt davon,
du schlägst meine Augen nieder,
Bierpfützen auf geräumten Flächen,
draußen werfen Zeitungsjungen
bunte Blätter,
die Nachbarn hocken klatschend auf dem First –
Worte
nisten sich nicht mehr ein,
werfen ab und zu noch Blasen
– bitte ein Tempo,
die Zeit trocknet Tränen –
ja, ja,
nein, so was!
wir lächeln Distanz,
halten souverän
noch ein wenig
die schöne Hölle aus,
bis wir
bei gepflegter Pianobegleitung
und angemessenen Preisen
unsere Beziehung
wegen Geringfügigkeit einstellen.

Petra Ewers

Der Sensible

Er stürzt
tiefer
ins Leidenstal.
Er fliegt
höher
auf Freudenwolken
und zerbricht doch
zu oft
an den Lebensdornen
unbewußt der Stärke
seiner Empfindsamkeit.

Heiner Feldhoff

Lebe wohl!

Wenn du erst mal laufen kannst
wenn du erst mal versetzt bist
wenn du erst mal konfirmiert bist
wenn du erst mal richtig arbeiten lernst
wenn du erst mal selber Geld ins Haus bringst
wenn du erst mal bei den Soldaten gewesen bist
wenn du erst mal die Prüfung in der Tasche hast
wenn du erst mal die Frau fürs Leben gefunden hast
wenn du erst mal eigene Kinder in die Welt gesetzt
hast
wenn du erst mal deine Raten für die neuen Möbel
bezahlt hast
wenn du erst mal die Kinder aus dem Haus hast
wenn du erst mal eine Lohngruppe höher bist
wenn du erst mal die Rente durch hast
wenn du erst mal im Jenseits bist
dann hast du's
geschafft.

Ernst Ferstl

FEHLSCHLAG

Wer ständig versucht,
den not-wendigen
Veränderungen
auszuweichen
und sie zu umgehen,
der macht
logischerweise
mit der Zeit
einen großen Bogen
um das,
was Leben
eigentlich ist.

Andreas Fleck

KINDER DER STEINE

Als der Feuersturm vorüber war
Da standet ihr stumm auf den Trümmern
Zähltet so um die sechs, sieben Jahr'
Zu jung, als sich um was zu kümmern
Und wart ganz alleine
Ihr Kinder der Steine

Des Vaters Heldentod bei Stettin
Der Bruder war nur noch ein Krüppel
Beide raffte der Endsieg dahin
Ihr Jungens spielt »Krieg« mit 'nem Knüppel
Ihr habt noch eure Beine
Ihr Kinder der Steine

In Schutt und Asche, der große Sieg
Eurer Mutter Hände sind blutig
Wer in zerbombte Dachböden stieg
War von euch ganz besonders mutig
Zu spät, daß ich um euch weine
Ihr Kinder der Steine

Holmer Fiss

STATISTIK

Prozentual, statistisch gesehen, sagt man,
seien 72% aller Bundesbürger über 20
mit ihrem Leben zufrieden,
seien durchaus zuversichtlich,
seien voll von Hoffnungen.
Ich bin durch die Straßen gegangen –
heute abend.
Wahrscheinlich habe ich wieder einmal
nicht den repräsentativen Querschnitt getroffen.

Mario Freingruber

die
einsamkeiten
vieler menschen
wie
inseln
im ozean
des schicksals

sei
du
das boot
welches verbindet
und
hoffnungen
bringt

Andrea Förster

In einem Teil irgendeiner Stadt
irgendwo in der Welt
irgendwann in der Zeit
verläßt ein Mensch sein Haus
geht der Welt entgegen
bestimmt das Wann und das Wo
indem er geht und sich nicht mehr verbirgt

Mario Freingruber

verbrennen

die
sehnsucht
mit
der ungeschützten
hand
das lebenslicht
zu
umschließen

die
angst vor
dem
schmerz

Rosemarie Gillner

Mit dem Segel der Sehnsucht
hast du diese trostlose
Einsamkeit umschifft
in der Hoffnung,
eine andere suchende Seele
zu finden.
Jenseits der Untätigkeit,
die uns aushöhlt,
birgt das Leben blaue Inseln.

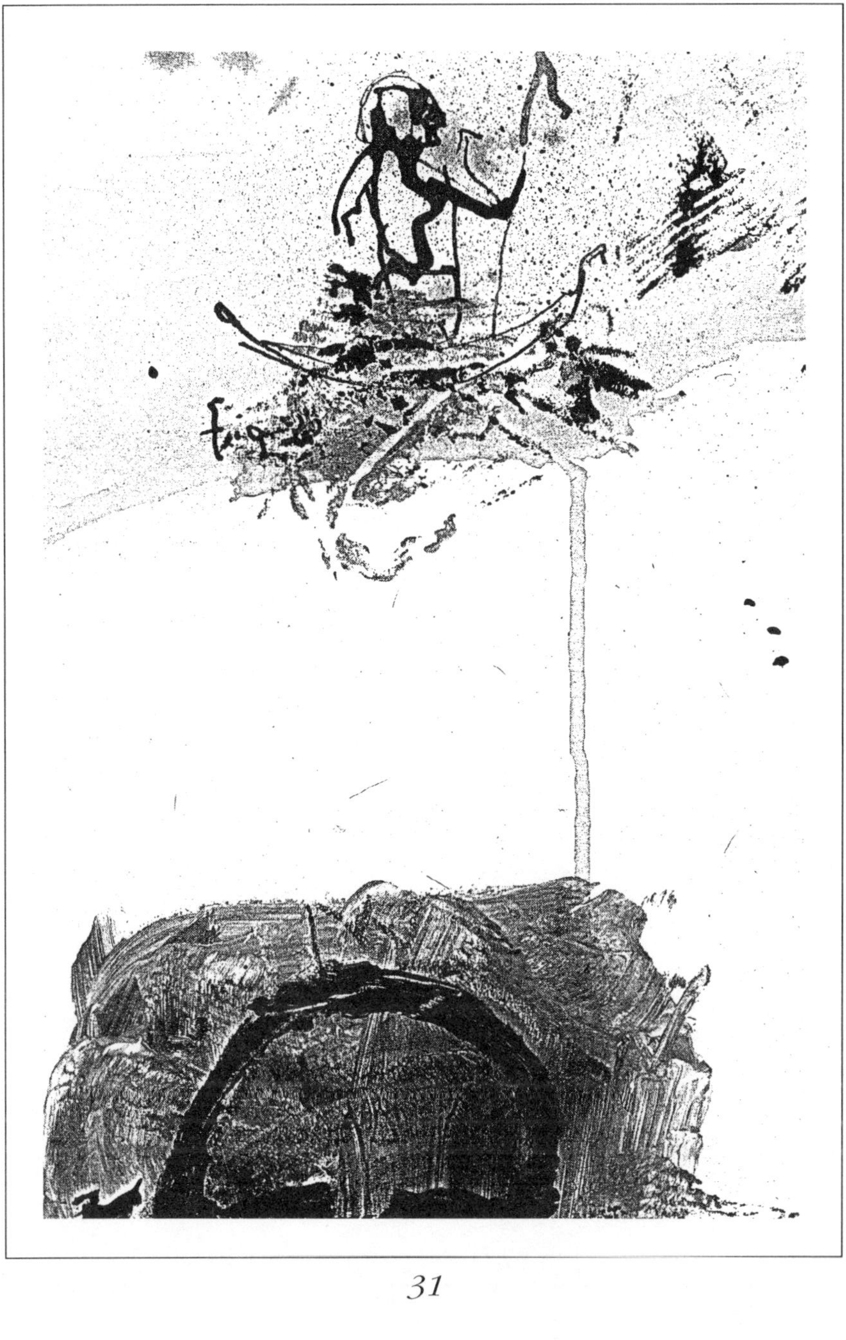

Hans-Gerd Grevelding

STREIT-GESPRÄCH

Die Buchstaben
alphabetisierten
sich
und
rotteten
sich
zu Worten
zusammen.

Silben
verschluckten
sich
vor- und nach-
sichtshalber.

Die Bedeutung
verminte
zwischen
Gedankengängen
neue
Wortfelder
und
gegen die

Wortstämme
setzten
sich
neue
Satzeinheiten
in
Bewegung.

H. D. Gölzenleuchter

Über das Weinen

Wo's einem zum Weinen ist
da soll auch geweint werden
Denn froh darüber
daß noch geweint wird
frage ich mich
was werden das für Zeiten sein
die keine Tränen mehr haben

Thomas Griesbacher

EISZEIT VORÜBER

begraben
unter den Lawinen
deines Haars
Iglugeborgenheit
niemals zuvor gekannt
Lippen schmelzen
auf heißer Haut
Zungen schlittern
mein Gletscherherz
taut auf

Barbara Grober

Evolution.

Als die Wissenschaft
das Uran küßte,
lernte sie die Sünde kennen.

Werden wir wieder
vertrieben werden?

Klaus Goehrke

Flammenschrift

Schon als die Straßen von Ur
Menschheitswiege am Euphrat
Tote so heißt es mehr als
Tonscherben bedeckten
Blut in die Gruben floß
wie Rotgold in die Gußform
die Leichen vergingen wie
Fett in der Sonne

Schon in sumerischer Zeit
als der Himmelsstier feurig
nieder auf Gilgamesch fuhr
Uruks trotzigen König
Hirte zugleich Bedränger
der Herden: zum Vater
nicht ließ er den Sohn zum
Geliebten die Jungfrau

Schon als in Babylon jäh
Flammenschrift hochfuhr
die Wand den Magiern
die Sprache den Knechten
den Atem verschlug daß

Israels Bedränger
Belsazar in selbiger
Nacht umgebracht ward

Als das persische Heer
Babel nicht Bagdad in Blut
der Magier Lachen erstickte
Kalifen Moscheen
Paschas Harems erbauten
tausend und eine Nacht
dank British Petroleum
endlich Öl floß statt Blut

Da erglänzte Bagdad
heller als Ur und Babel
höher denn Gilgamesch
Belsazar Harun Osman
herrlich thronte Saddam:
bis er mit schäumendem
Mund die Ölherren zwang
gegen ihn Golf zu spielen.

Als sie begannen die Nacht
wüstenrot zu entflammen
über Babel Bagdad ziel-
genau in Bombenstimmung
zu zünden das schönste

Feuerwerk aller Zeiten
weiszumachen den Himmel
cleared by US Censor

Als sie Bombe auf Bombe
bildschirmpräzise plazierten
wüstenweiß ja rein
Schlag auf Schlag die weichen
harten Ziele sauber
ausradierten schwarz-
kopfig diktierten
Pax Americana

Als die Aktienkurse
wahrhafter Patrioten
mit den *Patriots* stiegen
only arabs fielen
gnädig dunkler Rauch
Leichen umhüllte der
Ölprinz erschüttert an
seine Quellen zurückkam

Als dann der Dieb von Bagdad
unauffindbar im Bunker
das Menetekel anstierte
gezählt gewogen zu leicht
befunden Verlierer doch

Gewinner der Herzen
weil der Sieger *freedom*
und zugleich *nigger* ruft –

Da mühten sich die Magier
vergeblich zu deuten
die Flammenschrift indem
der dem sie drohte taub
hochblickt in den Himmel
wo die Fackeln schreiben
Mene Tekel Upharsin
Öl soll fließen statt Blut.

Ulli Harth

Unterlassenes

All das, was du
nicht getan hast, all
das, was du schon immer
tun wolltest, und
all das, was du
nicht mehr tun kannst.
All das wirkt.
Das, was du getan hast,
ist daneben kaum
erkennbar.

Petra Hanakam

Sich treiben lassen
ohne Ziel
und doch
keine Angst haben,
weil du
bei mir
bist.

Sich diesem Gefühl
hingeben,
nur diesen Augenblick.

NICHTS FÜR IMMER,
nur
ein Moment
mit dir.

Wir beide
im Fluß
ohne Wiederkehr.

Lona Haustein

ARBEITSKRÄFTE WURDEN GESUCHT – ES KAMEN MENSCHEN

Im fernen Land zeigt die Mutter dem Kind
das Foto vom Vater.
Das Kind fragt:
Wer ist der Onkel?
Der Lebensunterhalt
kommt aus der BRD.

Zusammengepfercht
auf engstem Raum.
Kassiert wird pro Bett.
Kultur wird in Bayreuth zelebriert.
Unmenschlichkeit ist
Industriestaatenalltag.

Zärtlichkeit
verlernt sich schnell, wird Akkord,
verbannt in ein Hinterzimmer.
Schnell, schnell,
Zeit ist Geld!

In Anatolien luden sie mich
zum Raki ein,
sprechen in meiner Sprache.

Ich senke den Blick,
fühle mich schuldig.
Half ich ihnen,
als man sie des Landes verwies?

Wegwerfgesellschaft »Made in Germany«.
Land der Dichter und Denker.
Müllhalden wachsen.
Die Krise schreibt:
keine Aufenthaltsverlängerung.

Irene Magdalena Helwig

Anruf meiner Schwester

Mir geht es sehr schlecht.
Ich habe starke
psychosomatische Beschwerden,
Atemnot, Todesangst.
Angeblich hat es
mit meiner Kindheit zu tun;
wir hatten doch
eine so glückliche Kindheit.

Komisch,
hast du denn andere Eltern als ich?

Burkhard Hedtmann

Bornholm

Der Sonnenaufgang vom Kreidefelsen –
wie glühende Lavaströme im Tintenfaß.
Das Gelb der Rapsfelder,
fröhliche Sofakissen, einfach in die Landschaft
geworfen.
Die Klippen-Kletterei im Wind,
dorthin, wo Möwen nisten.
Der Trab, mit warmem Fell am Bein,
durch junges Grün, wie Falter-Flügel zart.
Die Malbuch-Häuser rundherum,
aus Himmel, Senf und Pulver von Kakao
und eins davon verwandt
mit Schloß Gripsholm.
(O Mann!)
Der späte Strand.
(Das Himmelsglüh'n fiel aus.)
Dein Lachen nicht.
Ist überall.
Und Friede fliegt mit ruhigen Schwingen
in die Stille
und kleckst mir auf das Haupt
ein Häuflein
Glück.

Burkhard Hedtmann

7 + 1

Die große Pyramide bei Gizeh,
die Hängenden Gärten von Babylon,
das Grabmal des Mausolos in Kleinasien,
der Koloß von Rhodos,
der Tempel der Diana,
die Jupiterstatue in Olympia,
der Leuchtturm von Pharos –
Du
befindest dich in guter Gesellschaft.

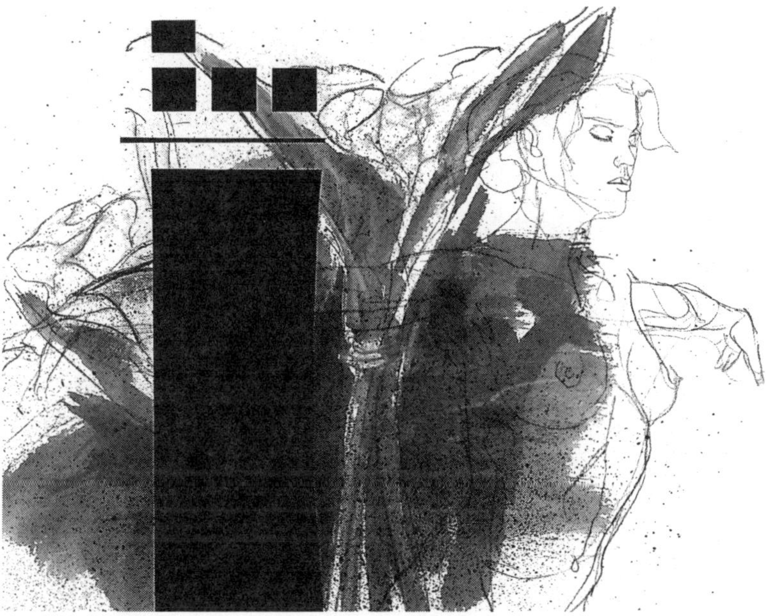

Martina Henschel

Ich laufe durch den nebel
vor den schüssen fort
suche einen bunker
warte auf den waffenstillstand
doch der krieg ist in mir selber

Reinhard Hermann

Wortsee

Ruderschläge vom Ufer des Schweigens.
Unsagbares dümpelt brackig hin.
Durch kalte Silben bricht der Kiel.
Vorbei an den Inseln fremden Rufens.
Raunendes Drohen des scharfen Gebietens.
Tröstend streicht ein Flüstern hin.
Aus Hoffnungssprüchen lockt das Ziel.
Wärme aus seichten Buchten des Lachens.

Harald K. Hülsmann

KLEINE GEOMETRIE DES ALLTAGS

Einen Standpunkt
finden

Auch mal
im Kreise gehen

Sich einen Winkel
suchen

Einen Schlußstrich
ziehen

Claudia Hildebrant

Wenn
Fesseln sich lösen
werden
Mauern fallen
werden
Gefühle gelebt
wird
ein Selbst
geboren.

Martina Henschel

ERFAHRUNGEN

Als meine Unerfahrenheit
endlich gescheiter werden wollte
nahm sie sich die Träume
bei der Hand
um mit ihnen die Wahrheit zu treffen
Auf dem langen Weg durchs
»So ist das Leben«
habe ich sie aus den Augen verloren

Eines Tages kam die Erfahrung zu mir
und brachte meine Träume
verletzt und verwundet zurück
Die Erfahrung blieb
und meine Träume schlossen sich
ganz tief in mir ein
Die Wunden vernarbten

Aber als meine Träume
mich einmal besuchen kamen
sahen sie so verändert aus
so traurig und alt
Von der Unerfahrenheit
habe ich nichts mehr gehört
Für ewig verschollen

Rosemarie Hoffmann

Als man dich zum Leben erweckte…

…da war das Gras noch grün,
und tiefblau war das Meer.
Da konnte der Boden noch atmen,
jeder Strauch und jeder Baum.
Als man dich zum Leben erweckte,
da warst du so unschuldig und rein,
da konnten Tiere noch in Freiheit leben,
ohne Angst vor dem Tod.
Als man dich zum Leben erweckte,
da war der Himmel so nah
und die Nächte sternenklar,
da gab es Blumen, die nie verblühten,
ein Land, das gewaltig war.

Damals…, als man dich zum Leben erweckte
und sich überlegte,
was in diesem Paradies noch fehlte,
da schuf man den Menschen:
»Deinen größten Feind«.

Wolfgang Hunsicker

... wenn die Liebe kommt

Du willst,
daß Sterne explodieren,
wenn die Liebe kommt.

Du sagst,
die Erde muß beben,
wenn ihr euch in den Armen liegt.

Du glaubst,
die Liebe
ist ein Orkan.

Dabei vergißt du,
auch er beginnt
als leiser Wind.

Wolfgang Ilg

Intelligentes Metall streift fröhlich
durch Wüste und karge Felsen
Raketen erzählen sich Geschichten
und Minen blühen in der Sonne
Glücklich und zufrieden

Bomben springen lachend ins Leben
frisch und unbekümmert
Giftgas schwebt gemächlich
unter blauem Himmel
Unberührte Technik

Wohlig recken sich die Kanonen
der Panzer und bieten Schatten für
Laser und Gewehre, die heiter
anstimmen die Mär von der
ausgestorbenen Rasse, die sich
Menschen nannte
Glücklich und zufrieden

Peter Keck

selbstbetrug

wer sich oder sein
unterbewußtsein
vorsätzlich und in
betrügerischer
absicht verarscht
wird mit magengeschwür
nicht unter tennis-
ballformat ersatzweise
zwei jahre alptraum
bestraft
grobe fahrlässigkeit
steht dem vorsatz gleich

Srđan Keko

koinzidenz

während
die politiker politisierten und politisierten
die experten expertisierten und expertisierten
die redner redeten und redeten

starben die kinder
und starben

Erika Jarczyk

Wurzeln

die frisch gebroch'ne Erde duftet
ich grabe meine Hände tief hinein
und lass' die Krume durch die Finger rieseln
wie lange hab' ich keine Erde mehr gespürt

man hat mich mit der Wurzel ausgerissen
verpflanzt in einen Boden der mir fremd
mir graut es in der Stadt zu leben
gefangen zwischen Mauern und Beton

ich grabe meine Hände in die Erde
und möchte meinen Fingern Wurzeln wachsen lassen
ich möchte fühlen wie sie tiefer dringen
bis in den tiefsten Erdengrund

vielleicht daß dann die späte Knospe bricht
und Duft verströmt und Blütenblätter streut
und Samen noch den Winden anvertraut . . .

Annegret Kellermann

Lange Jahre
hielt ich zusammen
was ich glaubte
zusammenhalten zu müssen.
Als
meine Kraft nicht mehr ausreichte
ließ ich los . . .
alles ist stehengeblieben
nur ich
kam ins Wanken.

Thomas Kistner

Desillusioniert

Wahrscheinlich steht mir die Enttäuschung
ins Gesicht geschrieben
doch ich versuche sie zu verbergen –
warum weiß ich auch nicht genau
tief in mir ist wieder einmal ein
Kartenhaus zusammengebrochen
und die Erschütterung durchströmt meinen
Körper
eine riesige Flutwelle peitscht durch mein
Gefühlsmeer –

und reißt das kleine Boot der Hoffnung
von seinem mühsam, aber provisorisch
befestigten Tau –
ich bin wieder einmal ohne festen Halt.

Rainer Kottke

Uniformen
und Stacheldraht,
FASSADEN
graduell verschieden
toten Fleisches.

Nicht mal fünfzig Jahre
Freiheit gelutscht,
denn ihre Süße wurde fade.
In die Gosse hinausgespien,
dort auch braunen Kot geschmeckt,
ein wenig weniger,
das wird uns schon nicht schaden!?

Rumm-Zack hallen Stiefel wieder durch die
Straßen.
Rechte Hände, die vermessen nach der Sonne
greifen.

Winfriede Kohlmeigner

*PACE ET BENE**

und auf den höchsten
Turm gestiegen
und es hinausschreien
ins Land
an jedes Flugzeug heften
jedem Fernlaster mitgeben
und jedem
Diplomaten ins Gepäck
allen Verantwortlichen
als Leitfaden
und den Wind aussenden
mit dieser Botschaft
und es niederregnen lassen
auf alle Kontinente

und es im Herzen tragen
und es leben
Tag für Tag
PACE ET BENE

* FRIEDEN UND GÜTE

Heinz Körtner

Wir

Finden zu oft einen
Anlaß zu klagen, und viele versuchen, die
Gründe, um keinen
Beweis zu verlieren,
Auf Fäden zu ziehen, und wollen ihr
Ärmliches Kleid wie
Mit Perlen verzieren.

Niemand kann
Alle Schutzgitter hoch genug bauen. –
Wir müssen uns zwingen,
Zuletzt ohne Furcht in den Abgrund
Zu Schauen . . .,
Und
Dann
In die Tiefe springen.

Noch
Vor dem Beginn aller Zeit
Lagen
Unsere Tage und Jahre bereit,
Damit wir sie
Füllen. – Doch
Uns scheint es leichter, die
Leeren Gefäße zu tragen

Walter Kowalke

Outsider

Wir schauen
mit gemischten Gefühlen
aus Hochmut und Mitleid
auf sie herab.

Wer mag schon den typischen Geruch
der Unbehausten.

Die Anzahl ihrer leeren Flaschen
ist uns Maßstab ihrer Schande,
unseres Versagens.

Sie schlafen unter Brücken
und in kalten Nischen.
Mit warmen Sommernächten
stehen sie auf Du,
dann träumen sie vom Paradies
auf Erden.
Ein Lächeln streichelt ihre Igelbärte,
als hätten sie das Schlimmste
längst schon überwunden.

Christian Leidl

Kälter noch als Winter

Die Seele klappert mit den Zähnen
mein Herz ist blau gefroren
ich halte mich
versuche mich zu wärmen
so kalt
        da draußen
in der neuen
        Eiszeit
    der Gefühle

Rosemarie Mahr

Geschichte vom Fahrrad, von Krähen, Buttermilch und vom Worte Überfluß

Im ersten Herbst nach dem Krieg,
als das alte rostige Fahrrad
wichtigster Besitz war,
haben wir die
schwarzfiedrigen
Krähen beneidet,

wie sie auf
abgeernteten Feldern
leicht ihre Nahrung fanden.
Uns haben die Bauern
die Nachlese heftig
verweigert.

Nur der aus dem Memelland
gestrandete Melker
gab heimlich manchmal
Buttermilch, dick fließende,
nicht nur für
den Durst.

Das Wort Überfluß
erschien erst viel später.
Wir haben uns an
seinen Klang gewöhnt.
Aber es gibt nicht die
Antwort für morgen.

Winfried Maier-Revaredo

Ihr sagt,
ich müßte froh sein,
meinem Land, seiner Armut, seinem Schmutz
entkommen zu sein
und hier zu leben,
wo alles so sauber und in Ordnung ist.

Aber ich sage euch:
meine Seele stirbt
in der Öde eurer Sauberkeit,
die man nicht anfassen darf,
die einem Museum gleicht,
wo ein lautes Lachen
und der Schrei eines Kindes
wie Fettabdrücke auf polierten Möbeln sind.

Meine Seele stirbt
in der Öde eures gehetzten Lebens,
wo ich die Einsamkeit mit durch die Straßen nehme,
durch all das tausendleibige Gewirr,
wo alles unerbittlich
unter den Hammerschlägen des Terminkalenders
und der Uhr vibriert.

Meine Seele stirbt hier
in der Öde eurer Ordnung und Anständigkeit
und eures hochgezüchteten Lebens.

D. P. Meier-Lenz

weekendsonett

am sonntag haben lügen lange beine
der tag träumt sich ein nacktes weib herbei
ein dichter hängt sonette auf die leine
die morgenstunde kocht ihr frühstücksei

die kitschromane wandern durch die wälder
die seiten sind vom vielen lesen wund
und aquarelle flattern auf die felder
der maler kommt mal wieder auf den hund

der arbeitslose sonntag hat zu leiden
derweil er mehrmals vergewaltigt wird
der mittagsschatten wuchert unter weiden

die schöne langeweile lacht und girrt
ihr leises gähnen wird den tag entkleiden
bevor der abendvogel sich verirrt

Sabine Meyer

OHNE KOMMENTAR

Der Nachwuchs
der Gattung Mensch,
der Säugling,
wäre im Tierreich
eine hoffnungslose
Frühgeburt.
Allein nicht lebensfähig,
auf sich gestellt
vollkommen hilflos –
in jeder Hinsicht
existentiell
von seiner Pflegeperson
abhängig.

Wie also soll er
Vätern helfen,
Müttern guttun,
EHEN RETTEN???

Renald Mienert

SOMMERSPROSSEN

Inseln aus Schokolade
in einem Meer aus Elfenbein
beim Versuch von ihnen zu naschen
ertrank ich in deinen Augen

Monika Mühleisen

Finden

Ich fand
und wußte nicht
daß ich gesucht hatte

Doch als ich fand
brach
die Sturzflut
meiner Sehnsucht
hervor
und überschwemmte
mit hinreißender
Ohnmacht
meine
wartenden Felder

Anja Nelleßen

Netz

Dicht zusammen
einzelne Bänder
verbunden zur Einheit.

Unser Zusammenhalt
hält nicht gefangen.
Wir sehen die Freiheit,
doch wir suchen nicht die Weite.

Wir sind nicht unfrei
in unserem Netz von Beziehungen.
Wir haben Möglichkeiten erkannt,
die uns Freiheit geben –

... Liebe ...

Anja Nelleßen

SEHNSUCHT GEBUNKERT
LIEBE EINGEMACHT
GLAUBE GEFROREN
HOFFNUNG SCHLÄGT WURZELN

LEBEN IM KELLER

Ursula Noser

Vorbereitung

Morgen kommst du
du kommst
darum
bin ich heute
so fleißig

Ich putze den Staub
von der Freude
und fege
die Wolken weg

Mit Blumen
schmück ich
den Morgentisch
dann kommst
du zu mir
und unser Lachen
ist Tafelmusik

Gabriele Ordner

Straßen voller Menschen
gesichtslos
ziehen wir unseren Weg
eins mit der Masse
unterscheiden wir uns
nur im Aussehen

Was bedeutet es schon
dieses Leben
ohne Menschen
die mir wichtig sind
immer in diesem einheitlichen Brei
gepeinigt
von sich wiederholendem langweiligem
oberflächlichem Geplauder

Ewig das gleiche
die Spirale
zieht uns mit

Ohne mich, ich will nicht mehr
es wird auch ohne mich gehen
Hier ist meine Uniform
ich gebe alles zurück
und trete aus
aus dem Heer der Gleichgültigen

Sabrina Ortmann

Lüge

Vergessen
will ich gestern und davor
die Narben anmalen
mit zeitfester Farbe
die Wunden heilen
mit Hoffnung auf die Zukunft
die Demütigungen ausreißen
und stolze Bäume pflanzen
und den ganzen Müll
hinter mich werfen
Altmüllentsorgung
bloß der Boden bleibt
derselbe
in dem ich wachse
ist brüchig vom Gift
belastet durch mein ewiges
alles verzeihen
kann ich nicht mehr
was ich vergessen habe
brauche ich nicht
zu verzeihen
bloß die Lügen
mir selbst gegenüber
stehen mir ständig im Weg

Ilse Pauls

EIN BEHINDERTES KIND – ADELINE

Warum ich an dich denke
Adlin?
Du hast mich die
Liebe gelehrt.
Du konntest
nicht sprechen,
doch deine Augen
sagten mehr als Worte.
Du nahmst mich
gleich an der Hand,
und wir lächelten
einander zu.
Nicht Schulweisheit,
nicht Wissenschaft
wirst du verstehen –
aber –
ist es nicht die Liebe,
die letztlich zählt,
wenn einmal
die Bücher
geöffnet werden?

Claudia Penato

Altern

Allmählich
reichen meine äußeren Reize
nicht mehr aus
beim bloßen Erscheinen.
Es ist an der Zeit
die inneren Werte
zu fördern.
Die Zeche
muß ich selbst zahlen
aber siehst du den Feuereifer
kein Schminkstift malte je
ein so inbrünstiges Rot!

Monika Peters

Tiefflug

unter
den Schwalben
über
den Baumwipfeln
probt
der Düsenjäger
wieder
den Ernstfall

für das
schreiende Baby
für den
zitternden Hund

ist er soeben
eingetreten

Ursula Puhl

Vater, Mutter, Kind
ein Spiel?!
Ich hätte es
für mein Leben gern

mit euch gespielt,
aber euer Spiel
hieß »Ehekrieg«.

Die Verwundeten
in eurem Krieg
habt ihr konsequent ignoriert.

Heute (Jahre später)
verteilt ihr die Schuld
gerecht an Dritte,
und um das »Nicht schuldig«
wird immer noch
erbittert gekämpft.

In den vielen Jahren
eures Krieges
bin ich schwer verwundet worden –
bin jetzt »Kriegswaise«.

Dabei hätte ich
viel lieber
Vater, Mutter, Kind
mit euch gespielt.

Alexander Rajcsànyi

Schwieriger Schüler

Da sitzt er vor mir
mit seinen elf Jahren
verstockt
trotzig geschürzte Lippen
blitzende Augenschlitze
kampfbereit
fertig zum Amoklauf

Aber er
meint nicht mich
meint nicht Kampf
weinen würde er lieber
mir seine Seele
todwund
in die Hände legen

Wie soll er auch
elfjährig
begreifen daß
Unteilbarkeit
nur gilt für Primzahlen
nicht für
Eltern

Johannes Osthaus

Als meine Kindheit starb
damals
in Friedland
starb auch ich

Damals blühten Blumen auf allen Feldern
damals im Sommer

Das weißrote Taschentuch
nahm ich mit
ich trug es ständig bei mir

Es blühten Blumen auf allen Feldern
der Stacheldraht an den Grenzen war rostig

Als meine Kindheit starb
damals
starb auch ich
mein Hund
und meine Katze
irgendwo im Staub der Flüchtlingsstraßen
sie liegen im Blumenfeld begraben
es war ein heißer Sommer
damals

Als meine Kindheit starb
tauschte ich das weißrote Taschentuch
nicht gegen ein schwarzrotgoldenes

Damals
hatte ein Wind mir
mein Tuch aus der Hand gerissen
und trug es ganz weit fort
irgendwo im Stacheldraht hing es
zerrissen

Ingeborg Raus

Zeitsprache

Silben
winterhart
unfähig
Wände zu
durchatmen
schwer
wie Steine
deren Fall
sich beschleunigt

irgendwo
schlagen sie
Krater in Leben.

Katharina Schäfer

Geduld

Mein Kind lehrt mich langsam zu gehen
einen Schritt vor zwei Schritte zurück
ein jeder Stein am Wegesrand
scheint wichtiger als das Ziel

Axel Schlote

LEICHTIGKEITEN

Im Wasser
tief durchatmen

In der Wüste
nach Fischen angeln

Oder mit dem Fahrrad
Vögeln hinterherfliegen

ist fast so leicht
wie vergessen

Kurt Schurr

Im Hochhaus

Vom Ausblick
fallen die Sehnsüchte
in tiefgelagerte Container,
die Fahrstühle
sinken unaufhörlich.

Aus den Schächten
steigen Kabel
zu Antennen,
um Bilder zu sammeln
und Stimmen an Einsame
zu verschenken.

Willi Schewski

PÄDAGOGIK

Anthropologische Begriffserklärung
Instrumentales Konditionieren
Klassisches Konditionieren
Antiautoritäre Erziehung
Lernen als hypothetisches Konstrukt
Demokratischer Erziehungsstil
Intermittierende Verstärkung
Cleverneßsyndrom
Pragmatische Begründung von Erziehungszielen
Deterministische Erbtheorie
und
Sozialintegrative Erziehungsrichtlinien
Imitationslernen am Modell
Normenpluralismus als Teil der Sozialisation
Zweikomponentenkonzept
Dimensionsorientierte Modelle
Integrations-Dominations-Quotienten
Hyperkinetisches Herzsyndrom
Zwangsncurosc
Haß
Ödipuskomplex
Selbstploration
Empathie
Vegetatives Nervensystem

Urvertrauen
Nervenzusammenbruch
wo
Typologische Modelle
Psychoanalytisches Persönlichkeitsmodell
Minderwertigkeitskomplex
Kontinuierliche Verstärkung
Differentiale Bekräftigung
bleibt
Hyperaktivität
Angstneurose
Etikettierungen
Montessori-Pädagogik
Personalisierung
Phallische Phase
Genetische Erbanlagen
das
Waldorf-Pädagogik
Problem der Rezeptologie
Pessimismus
Endogene Depression
Homosexualität
Kind
Verhaltensstörungen
Charakterneurose
Identifikation
???
Manische Depression

Paul Schurr

BÜRGER KRIEG KEHRT HEIM

Als der Ritt zu Ende war,
der Samen gesät und gereift,
stieg er vom Rücken der Schlange
und fraß Menschenfleisch.

Die Leiber aber wanden sich
um die Glieder ihres Henkers,
mit leuchtenden Augen
hingen sie an seinem Bein,
das sie in die Erde bohrte.

Priester beider Fronten
reichten ihm den Kelch
zur Begrüßung.
Er trank sie beide
und die Priester gleich mit.

Dann biß er die Köpfe
von den Schultern der Männer,
die voller Stolz in ihren
selbstgenähten Uniformen
versanken.

Und den Frauen riß er
die frischen Fahnen aus den
Händen
und die Bluse von den Brüsten.

Bürgerin Oma weinte,
Bürger Opa meinte,
das müsse so sein,
und Bürger Krieg fraß weiter,

flambierte zartes Kinderfleisch
mit französischem Cognac,
fritierte ihre Schenkel
in importiertem Waffenöl.

Zum Nachtisch nahm er Hirnsorbet
und kotzte – vollgefressen
wie er war –
einen Teil davon auf die Erde.

Er verbeugte sich, ging,
großzügig schnippten
die Zaungäste ein paar Münzen
zwischen die Reste der Bühne.

Elisabeth Schöffl-Pöll

DIE NEUE STADT

Da war einer
der hatte einen Anfall
und es gefiel ihnen
ihn fortan als Geisteskranken zu handeln.

Da war einer
der schlug im Affekt
und es gefiel ihnen
ihn fortan als Mörder zu handeln.

Da war einer
der war zerstreut
und es gefiel ihnen
ihn fortan als Unzurechnungsfähigen zu handeln.

Da war einer
der brachte nicht die gewünschten Noten
und es gefiel ihnen
ihn fortan als Dummen zu handeln.

Da war einer
der stahl im Supermarkt
und es gefiel ihnen
ihn fortan als Dieb zu handeln.

Da kam einer
der hielt ihnen ein Bild vor Augen
Er sah tiefer
Er verurteilte nicht
er ordnete nicht ein
er nagelte nicht fest
er stempelte nicht ab

Da kamen viele
die schlossen sich ihm an
Sie sahen tiefer
sie verurteilten nicht mehr
sie ordneten nicht mehr ein
sie nagelten nicht mehr fest
sie stempelten nicht mehr ab

Da wurde die Stadt neu

Karl-Heinz Schreiber

FÜR ERICH FRIED

»Was unser Leiden nicht zeigt
das zeigt unser Tun euch«
(Erich Fried, Mutter in Vietnam)

Wir sind aus Feigheit
Wir selbst geblieben
Haben nur gezittert
Bei heimlicher Zeitungslektüre

Andere sind draußen
Kaputtgeschlagen worden
Weil ihre Träume nicht Flucht
Sondern Forderung gewesen.

Untadelig ist
Nicht einmal Leiden
Und was hat man damit
Für heute und später erreicht?

Grausam ist Leben
Nur wenn wir eifrig
Mit unserer Schwäche
Verbrechen entschuldigen wollten!

Christiane Seiler

Du auch

Sie wurde
neunundzwanzig
und
saß mit ihrem
sechsundzwanzig
Jahre älteren Geliebten
auf der Stadtparkbank
und
feierte ihren Tag.
Solange eine
Zwei
noch davorstehe,
meinte der Mann,
bei dem die
Fünf
schon längst davorgestanden hatte,
als sie ihn traf,
sei noch alles gut.
Eitel kostete sie ihr Gefühl von Macht.

Ich nie,
liebkoste sie die Libelle.
Du auch,
warnte sie der Wind.

Anna Six

Lautloser Widerstand

Das Wasser muß dulden,
wenn kantige Steine
den Weg versperren.

Es ändert den Lauf,
fließt seitlich vorbei.
Der Kluge gibt nach.

Doch auf gibt es nicht,
kämpft stetig und stumm,
den Gegner zerreibend.

Die Stärke des Wassers
ist seine Geduld;
die Zeit ist mit ihm.

Geschliffene Steine
werden die Ohnmacht
der Härte bezeugen.

Susanne Sens

Die neue Freiheit

Das Gewohnte abstreifen
wie ein
lästiges Hemd

Alte Programmierung löschen

Die gewonnenen Freiräume
neu vermessen

Ohne Angst vor Irrtümern gehn

Frank Suchland

»Die Mißhandlungen der Kinder geschehen
meistens im Verborgenen . . .«

(Alice Miller)

Da draußen, Lisa!

Da draußen, Lisa,
lehnt Kamille an der Mauer
rote schwere Ziegelsteine im Oktoberlicht
und deine Beine laufen, hopp!
über weiche Erde
mickymäuseohrenschwarze Schleife wippt
– du Braunschopf!
die Puppe in der Hand
kann Mama sagen
wenn man schüttelt
ein paar echte Tränen weinen
hopp, hopp, hopp!

Da draußen, Lisa,
lehnt Kamille an der Mauer
und
juchhe! – dein Vater, Lisa!
bloß
heute im Oktoberlicht
ist so was aufgewacht

das wohnt und schläft
sonst tief in seinem Unterleib!

Da hilft dir keine Mickymaus
– du Braunschopf!
und
die Puppe in der Hand
muß Mama sagen
viele Male
und paar echte Tränen weinen
hopp, hopp, hopp!

Da draußen, Lisa,
lehnt Kamille an der Mauer
rote schwere Ziegelsteine im Oktoberlicht
die schweigen
weil niemand auf sie hören will
und
Mama sagen
magst du nicht
– du Braunschopf!
auch dann nicht wenn man schüttelt.

Carsten Sperling

Unterwegs

Dort oben
Unendlichkeit,
Vergangenheit,
Licht,
seit Jahrmillionen
unterwegs zu uns,
die wir
auf einem blauen Planeten
um eine Sonne kreisend
durch ein Universum fliegen,
das vor 15 Milliarden Jahren
aus dem Nichts entstand,
das vor 5 Milliarden Jahren
zu heutigen Konstellationen fand,
das unter anderem vor 2 Milliarden Jahren
auf einem Planeten mit dem Namen Erde
das erste Leben hervorbrachte,
und gestern uns,
die wir uns dessen bewußt werden können,
ein Universum,
das noch 60 Milliarden Jahre
ungeahnter Entwicklungen vor sich hat,
und dessen Geheimnisse wir
mit unseren menschlichen Sinnen,

wie sie zur Zeit entwickelt sind,
nie erfassen können.

Die Welt ist unterwegs.
Und das Leben und der Geist mit ihr.
Doch wir sind dabei,
gerade aufgewacht,
kurz nach unserem Aufbruch
aus der Evolution
auszusteigen.

Warum?
Nun – wir haben
ganz einfach
Wichtigeres zu tun . . .

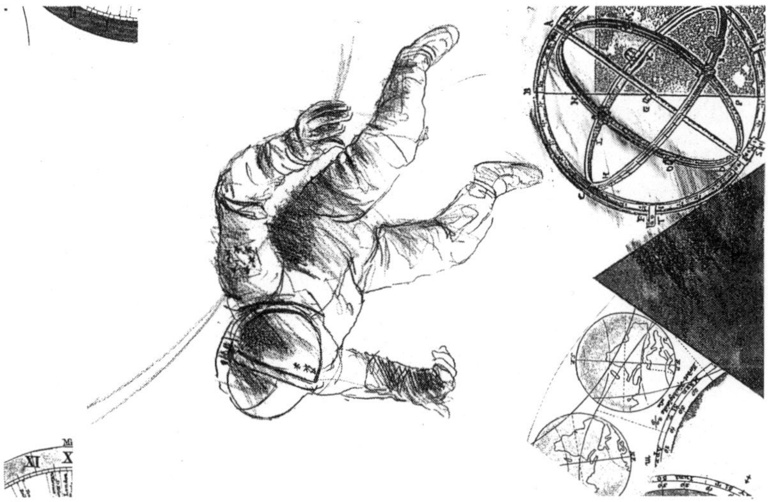

Reinhard Strüven

Verschoben

Wir sind uns einig
Die Gemütlichkeit erstickt
Im bourgeoisen Dunst
Überkommener Sitten
Pappt es alles ein
Überzieht es mit seinem Schleier
Von frohlockender Festlichkeit
Und beginnendem Kopfschmerz

Im klaren Bewußtsein
Letztlich doch zu erliegen
Dem rosaroten Glanz
Der uns blendet
Der unseren Vorsatz
Auf die nächste Chance verschiebt
Und die Lichterreklamen
Zum Teufel wünscht

Erwine Schulte-Mohn

zurückweisung

schau mir nach,
aber folge mir nicht
über die neblige heide
meiner traurigkeiten
und die brütenden moore
meiner verzweiflung!

meine füße wissen
den schlüpfrigen pfad
zwischen schwelenden feuern
und irrenden lichtern
von busch zu busch.

du aber
würdest versinken
und den weg zurück
nicht mehr finden
zu den beleuchteten gasthäusern
und den kochfeuern
täglicher zuversicht.

Karin Schwandl

Ich schaue
in die klaren Augen
eines Kindes . . .

Augen, aus denen
Vertrauen spricht . . .

Vertrauen
in uns,
die wir
in den Augen
eines Kindes
zu allem fähig
sind . . .

Und ich
frage mich,
ob wir
dieses Vertrauen
verdienen . . .

Wir, die doch
wirklich
zu allem fähig
sind . . .

Rüdiger Stüwe

Übergroßes Angebot

Auf dem Markt der Wörter können
wir uns sorglos bedienen.

Es ist ein Markt mit Zukunft denn
die Wörter wachsen in den Himmel.

Griffig ziehen sie und bunt
bemalten Wolken gleich vorbei.

Hinter diesem Angebot bleibt
unser Leben hechelnd zurück.

Barbara Schweiger

Leben

Überfüllte Kneipen –
brechend voll –
die Musik zu laut –
die Luft geschwängert von Rauch,
Parfüm und Schweiß –
und trotzdem –
es ist so leer hier –
ich spüre wenig Leben um mich.

Gelangweilte Gesichter –
schwankende Körper,
die sich an Theken klammern –
glasige Augen –
die mich gierig anstarren.

Anschreien –
losbrüllen –
diesen toten Haufen »Mensch«
wachrütteln.

Aber sie erzählen mir,
daß ihr Auto neue Reifen brauche,
und das Getriebe auch gerade verreckt sei
und . . .

… und ich zahle –
muß weg hier –
sehe die Sterne über mir –
schlafende Blumen im Gras –

nehme meine Einsamkeit
an der Hand

und schlendere mit ihr
wie ein verliebtes Pärchen
nach Hause.

Hille Schramm

Form und Inhalt

So viele Jahre kannte ich mich nicht.
Ich wußte um meine äußere Form,
aber der Inhalt war unbekannt.
Seit ich begonnen habe, den Inhalt kennenzulernen,
komme ich mir vor wie eine Wundertüte, die nie leer wird.

Ulf Steindl

Lebensabend

Am Abend
des Daseins,
wenn sich der Sturm gelegt,
ruhiger die Brandung
des Seelenmeeres,
harmonischer die Farben
des Lebensbildes,
am Abend,
müde nach langer Reise,
schon das Ziel vor Augen,
gleiten noch einmal
– wie bunte Segelboote –
die unerfüllten Träume vorbei,
ankern im friedlichen Hafen
des bescheiden gewordenen Herzens.

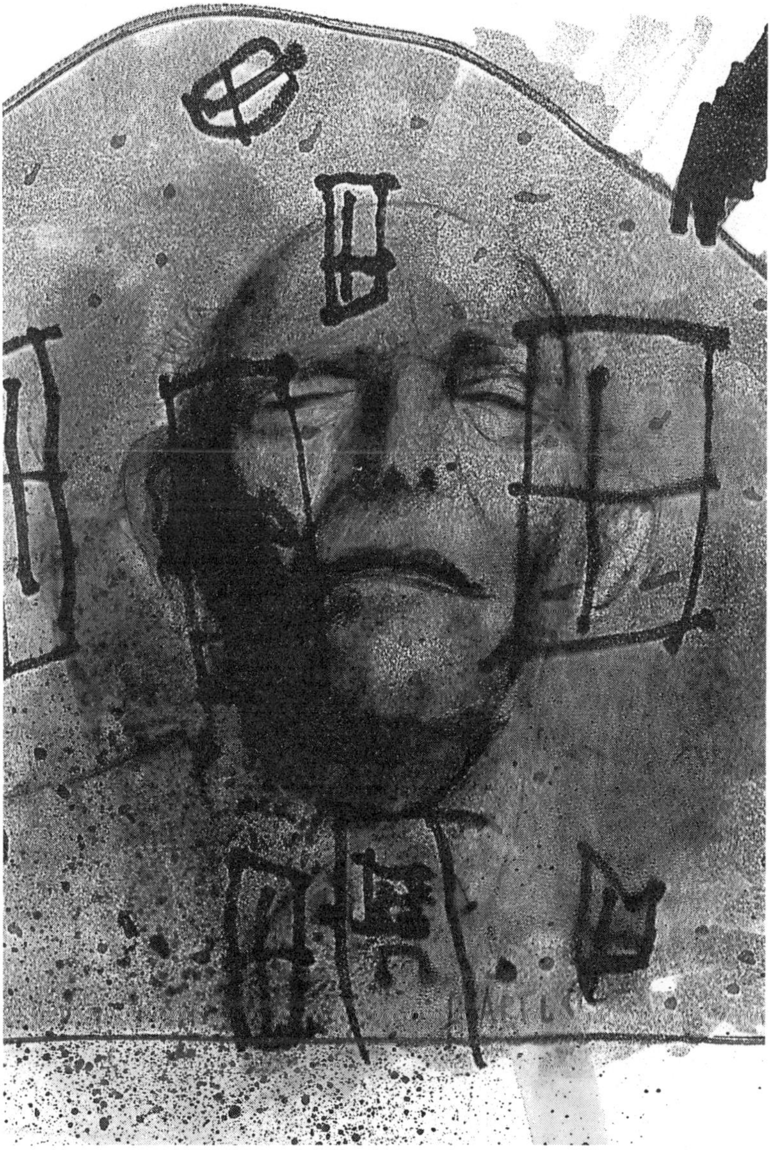

Michael Starcke

natur

natur
hat uns ins auge gefaßt,
straft uns mit trockenheit,
straft uns mit erdrutschen,
straft uns mit krankheiten,
mit feuerspeiendem sturm.

natur
widersetzt sich mühelos
unserem zugriff,
läßt sich nicht
begrenzen auf
die größe eines
botanischen gartens
entgrenzt, grenzenlos,
ungehinderte entfaltungs-
möglichkeiten.

natur,
königreich,
niemandsland,
offensichtlich, versteckt,
wie wir sie schauen an
verschiedenen orten
schwerfällig, schwach.

wie oft haben wir sie
unsererseits ins auge
gefaßt als kulisse,
um unser trügerisches glück
in szene zu setzen,
das sich nicht
gerne blicken läßt
neben uns auf ge-
stellten fotografien.

natur,
königreich,
niemandsland,
ein riese dem wesen nach
von uferloser statur.

Manuela Stier

Wellen

Der Wind fegt wild über den See,
bedrohlich schlägt dieser hohe Wellen.

Ohne den Wind wird der See
wieder friedlich und ruhig.

Der Wind kommt,
der Wind geht . . .,

wie deine Angst.

Ingrid Tatzel

chronisch (krank)

plötzlich
wieder da
nur einen Gedanken weit entfernt

diese unglaubliche
        riesengroße
        lauernde . . . ANGST . . .

wieder mal
so bedrohlich
    gefährlich
    atemberaubend
    NAHE
umklammert mich rücksichtslos

einen langen
einen so qualvoll langen
augenblick

            . . . stärker als ich!

Gundula Thors

BABY-STRICH

Im
Gewerbegebiet
den trüben Sümpfen
der Steinrandzonen
stehen
stöckelblättrig
lederschwarze
Straßenpflanzen

Digitalis
treibt
unberührtes Grün
ins Triebnetz
PS-getarnter Sammler
Lustjägern
zum Verkauf

ohne Schonzeit
im
Rinnstein-Dschungel
wo die
Stadtneurosen
Blüten tragen

Claudia Vibrans

Es ist gegangen

Es hat sich noch einmal umgedreht –
hilflos
hat es seinen Mantel genommen,
dann ist es gegangen,
ganz langsam
mit hängendem Kopf . . .

Es ist gegangen –
mein Gefühl für dich!

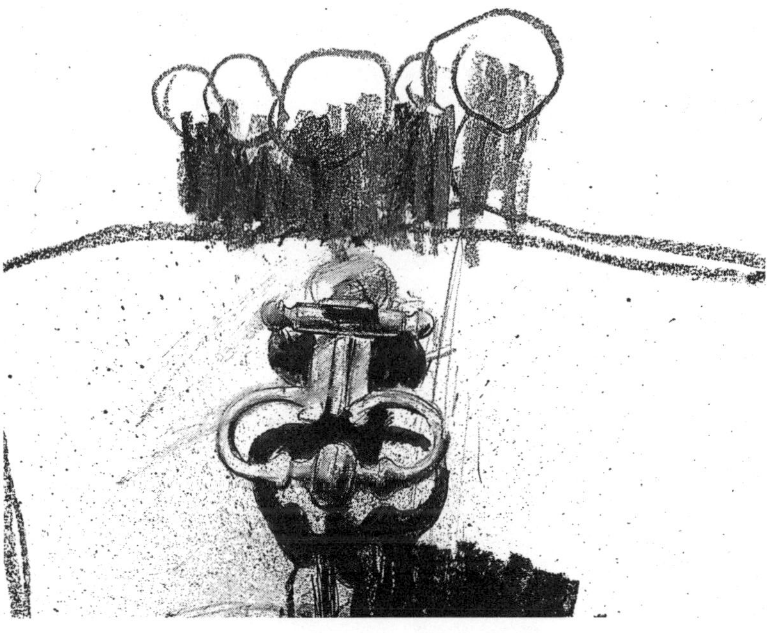

Waltraud Ulrich

Nicht wichtig

Das ist doch nicht wichtig
sagte der Mann
der zweifellos eine wichtige Funktion
in der Gesellschaft innehatte und der
Hilfe forderte für etwas das er getrost
allein und durchaus vielleicht selber
hätte besser machen können

Das ist doch jetzt nicht so wichtig
sagte er zu seiner Frau
die gerade ein wunderschönes Lied
komponieren wollte das ihr unaufhörlich
im Kopf herumklang

Nein
sagte die Frau

Das ist nicht wichtig
aber sie sagte es so leise daß
der Mann hätte um sie bangen müssen
das ist wirklich nicht wichtig
nicht für dich noch für irgend jemand
es ist nur so

daß ich durch diese Unwichtigkeit
eine Zeitlang hätte weiterleben können

Sie klappte – einen Augenblick zögernd –
mit behutsamer Unwiderruflichkeit
den Deckel über die Tasten ihres
Pianos und verwandelte sich im
gleichen Augenblick in einen
Stein zu gefälliger Verwendung

A. J. Weigoni

Wirtschaftswunder

Hochhighliger Wohlstandsmüll stinkt zum Himmel
Asylanten übernachten im Container
zersplitterndes Glas
Vogelfreie auf dem Bürgersteig
nomadische Obdachlose
Die Dritte Welt fängt im Rinnstein vor der Haustüre an

Heike Wenig

vor meinen augen
mein fernes ziel

es schwebt
in einem fesselballon
am weiten horizont
in mir verankert
an einem seidenen faden

ich wickle und wickle
ihn zu einem knäuel
voller hoffnung
und wünsche

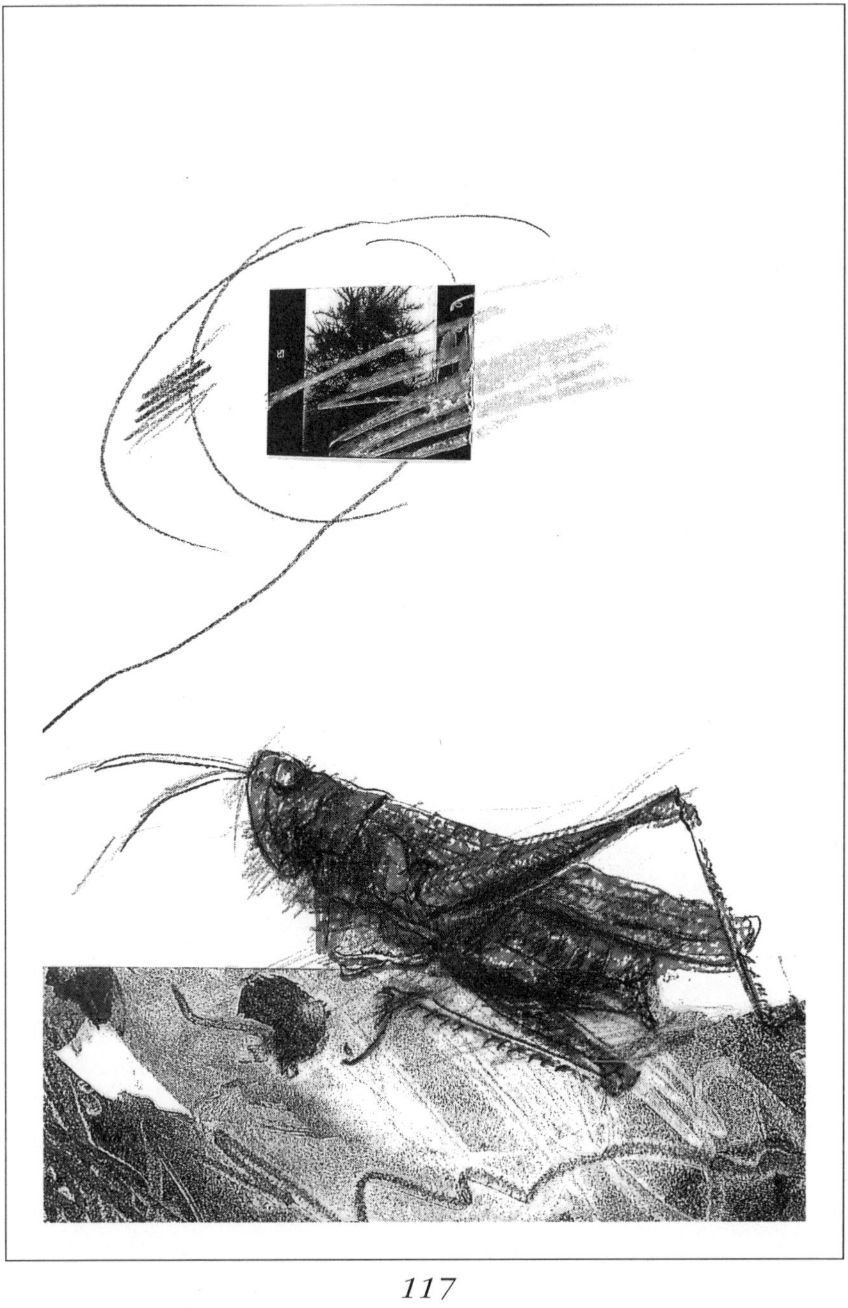

Burkhard Werk

Orientierungsverlust

Nachdem
der alte Mann
in dem Lebensmittelgeschäft an der Ecke
mit verschlagenem Blick
auf meine Nase geschielt
und mich sodann gefragt hatte
ob ich Jude sei

Nachdem
ich in der Unterführung
das Spalier von
Parolen und Hakenkreuzen passiert hatte

Nachdem
mein Vermieter zu mir gesagt hatte
daß man die Juden
ja nicht gleich hätte vergasen müssen
aber geldgierig seien sie schon gewesen

wußte ich nicht mehr
ob erst heute
der Reichstag gebrannt hatte

Hans-Jürgen Weßlowski

Säuberung

Ausgesprochenes Dunkel fällt
in den schönen Redefluß.
Froschmänner rollen ihre Zungen aus,
ziehen die Worte ein;
spucken das dunkle Gerede ans Ufer.
Kinder im Matrosenanzug
sammeln die Ausgespuckten in Körbe;
schleppen das Dunkelschwere
zu den blinden Wäscherinnen –
die waschen und scheuern das Nächtliche
Silbe für Silbe herunter.
Fleißige Töchter tragen die bleichen Buchstaben
zurück in den Fluß.

Thomas Werner

Wahr-nehmung

Zerstückelte Welt
in deinen Brennpunkt werfen wir
die Bruchteile von Sekunden
die gestauchten Distanzen
beobachten das Feuer in deinem Schoß
und stehen nackt im Fluß
der Begrifflichkeit

Heinrich Wiedemann

Asyl

An den Pfahl
der Wirklichkeit
gekettet
sind meine Träume.
Leergelöffelt
ist der Blechnapf
meiner Worte.
Nur die Sehnsucht
gewährt mir noch
Asyl.

Dittmar Werner

MASSEINHEIT

Weil
schon alles
vermessen wurde
die Formeln
bekannt sind für
die Kugel Erde
alle Regeln
für das Leben
abgeleitet
einige
in Klammern gesetzt
bleibt
noch zu fragen
ob die Farben
der Sonnenuntergänge
nutzlos sind

Hans-Jürgen Weßlowski

Hier, im Wald,
lasse ich meine Sehnsüchte laufen –
hier können sie raus.
Sie kommen ja wieder,
solange es dich gibt.

Karl-Heinz Will

auftritt

heute
neue klamotten gekauft
zitronengelb
die hose gelb
die jacke gelb
gelb auch das t-shirt

am abend
einen richtigen auftritt gehabt
alle nach mir umgesehen
endlich
endlich beachtung
mich wie die andern gefühlt
die ihren auftritt schon hatten

verdammt
warum das nur so schnell nachläßt
nach anderen umgesehen
rote hose rotes hemd
na und – nichts besonderes

mich vor mir selber geschämt
wieder nach hause gegangen
unauffälliger abgang
kein beifall

irgendwo
lacht sich sicherlich
jemand ins fäustchen

Peter Würl

Bestimmung

Ich weiß es ist besser für mich
nachts im Ballungsbereich der Sehnsucht
dem Nachgeschmack deiner Zärtlichkeiten zu
entgehen
nicht an deine Küsse erinnert zu werden
mondig fern und warm
vergessen dürfen mit Haut und Haar
doch zitternd regt sich die Liebe

Hans Wipperfürth

MAI

Maiglöckchen pflückten wir im Märchenwald
im Schatten buchengrüner Pavillons;
beschützt von Doppelschwertern, suchten Halt
die Glockentürme weißer Carillons.

Das Laub sprach krösch mit deinem Stöckelschuh,
der brach schon manchem Ast das trockne Herz; –
der Kuckuck zählte uns die Jahre zu –
dann flog er weiter, juni-, sommerwärts.

Am Maibaum raschelte das Kreppapier
um Liebeskringel in die Luft zu malen;
vorbei an Gartenzäunen schritten wir
auf einem bunten Teppich aus Petalen.

Dann gingen wir nach Haus entlang der Schienen.
Ein leichter Regen fiel durch buntes Brennen.
Er legte Perlen in die Herzen der Lupinen
und reihte Tränen auf an den Antennen.

Peter Würl

An mich

Ganz unter uns
laß doch deinen Tod auf Raten
ergreife endlich Partei für dich
warum immer Zeit gewinnen wollen
Zeit für was
ausgeleierte Bezugspersonen im Tollwutbezirk
des Alltags
dein Kopf hat Platz für viele Denkungsarten
laß ihn instandbesetzen
wenn du dich schon verlierst dann an dich selbst
nur der Verrückte steht mitten im Leben
was soll die verwackelte Zielgruppe
du hast wohl immer noch Angst dir zu nahe zu treten
wer zwängt sich denn in Sachzwänge
gelebt wird ganz oder gar nicht
einschenken bis zum Überlaufen
du bist keine fleischgewordene Schutzbehauptung
da vorne fliegt der neue Tag
willst du mit rein

Dietmar Wolthaus

Bestimmung

Am ersten Tage
dankte der Mensch seinem Gott
für das Wunder der Natur

Am zweiten Tage
begann er seine Herrschaft
über alle Kreatur

Am dritten Tage
waren die Wasser
und die Lüfte vergiftet

Am vierten Tage
starben die letzten Arten

Am fünften Tage
erhob sich ein großes Wehklagen
da der Schöpfer sein Werk
nicht an den Menschen angepaßt hatte

Am sechsten Tage
gingen tausend mal tausend Sonnen auf

Ihr Name war Atom
Die Erde brannte
und ward wüst und leer

Am siebten Tage
aber ruhte der Mensch
Denn auf sein Grab
rieselte der strahlende Schnee
der Endzeit

Es war vollbracht

Kurt Marian Wunder

SISYPHOS

prospekthaftes lächeln
der ewigen jugend
verführte dich

werbeblind
stolz geworden
rollst nun

täglich
den fels des alltags
vor dir her

Alfred Zoppelt

IM ZEITNETZ

Im Zeitnetz
liegen die Stunden
wie Fische.

Die Stunden des Tages
sind Forellen aus Licht.
Die Stunden der Nacht
sind schattige Hechte.

Im Zeitnetz
funkeln menschliche
Sehnsüchte und Wünsche.

Die Sehnsucht
nach weltweitem Frieden
sei hier vor allem
erwähnt und genannt.

Im Zeitnetz
werden Pläne geschmiedet,
Träume verwirklicht.

Im Zeitnetz
ankert mein Herz
wie ein mit Gefühlen beladenes Schiff.

Die Autoren

Marita Ahsendorf, 1958, Hausfrau und Mutter, lebt in Minden/Westfalen.

Helga Beurer, lebt in Stuttgart.

Ingo Biallas, lebt in Gladbeck.

Christine Bienert, 1955, Gesundheitsberaterin, lebt in Garbsen.

Wolfgang Bittner, Dr. jur., lebt als freier Schriftsteller in Köln.

Günter Born, 1933, lebt in Ennepetal/Westfalen.

Monica Buchfeld, 1948, Verwaltungsangestellte an der Universität Dortmund, lebt in Gummersbach.

Gisela Conring, 1929, diverse Berufe, lebt in Emden.

Waldemar Diedrich, 1919, Lyriker, lebt in Wuppertal.

Renate Eggert-Schwarten, 1952, Studium Germanistik und Sport, lebt mit vier Kindern in Bremen.

Paul Esser, 1939, promovierter Linguist, Studiendirektor und Hobbybauer, lebt in Viersen.

Petra Ewers, Ärztin, lebt in Haldensleben.

Heiner Feldhoff, 1945, lebt in Lautzert.

Ernst Ferstl, 1955, Lehrer, lebt in Zöbern.

Holmer Fiss, 1960, Polizeikommissar a.D. und Lehrer für Sehbehinderte, lebt in Jevemstedt bei Kiel.

Andreas Fleck, 1971, Student, lebt in Aying bei München.

Andrea Förster

Mario Freingruber, 1959, Finanzbeamter, lebt in Wien.

Rosemarie Gillner, Komponistin und Malerin, lebt in Hannover.

Klaus Goehrke, 1939, Lehrer, lebt in Kamen.

H. D. Gölzenleuchter, 1944, seit 1971 freiberuflich als bildender Künstler, lebt in Bochum.

Hans-Gerd Grevelding, lebt in Köln.

Thomas Griesbacher, 1962, Lyriker und Photograph, lebt in Maulbronn.

Barbara Grober, 1941, Autorin und Texterin, lebt in Arlesheim bei Basel/Schweiz.

Petra Hanakam, 1971, Verwaltungsangestellte, lebt in Leverkusen.

Ulli Harth, Autor, lebt in Frankfurt/Main.

Lona Haustein, lebt in Frankfurt/Main.

Burkhard Hedtmann, 1937, betreibt das »Kleine Burktheater« in Kutenhausen bei Minden.

Irene Magdalena Helwig, 1962, Sozialpädagogin, lebt in Arolsen.

Martina Henschel, 1964, Hausfrau und Mutter, lebt in Siegburg.

Reinhard Hermann, lebt in Mönchengladbach.

Rosemarie Hoffmann, 1952, Versicherungsangestellte, lebt in Dortmund.

Harald K. Hülsmann, 1934, Schriftsteller, lebt in Düsseldorf.

Wolfgang Hunsicker, 1954, kaufmännischer Angestellter, lebt in Sulzbach.

Wolfgang Ilg, lebt in München.

Erika Jarczyk, 1934 in Tetschen/ČSFR, seit 1957 in München verheiratet.

Peter Keck, 1964, Verwaltungsangestellter, lebt in Wuppertal.

Srotan Keko, 1950 in Zagreb, seit 1965 in Düsseldorf als Übersetzer, Dolmetscher und Autor tätig.

Annegret Kellermann, 1944, Kranführerin und Telefonistin, lebt in Bochum.

Thomas Kistner, lebt in Horneburg.

Winfriede Kohlmeigner, 1939, Hausfrau und Mutter, lebt in Bad Hall/Österreich.

Heinz Körtner, 1921, Studiendirektor i.R., lebt in Siegen.

Rainer Kottke, 1969, Student, lebt in Göttingen.

Walter Kowalke, 1914, Industriekaufmann i.R., lebt in Garbsen bei Hannover.

Christian Leidl, 1969, Kaufmännischer Angestellter, lebt in Burghausen.

Rosemarie Mahr, 1931, Fremdsprachenkorrespondentin, lebt in Mutlangen.

Winfried Maier-Revaredo, 1955, Gemeindepfarrer in Winnenden.

D. P. Meier-Lenz, 1930 in Magdeburg, Schriftsteller und Horen-Redakteur, lebt in einem kleinen Ort in den Ostpyrenäen/Südfrankreich.

Sabine Meyer, 1966, Druckvorlagenherstellerin, lebt in Heusweiler/Saar.

Renald Mienert, Diplomingenieur für Software, lebt in Halle/Saale.

Monika Mühleisen, 1950, Realschullehrerin, lebt in Altdorf bei Stuttgart.

Anja Nelleßen, 1968, Industriekauffrau, lebt in Norderstedt.

Ursula Noser, 1943, Schriftstellerin, lebt in Neuhausen am Rheinfall/Schweiz.

Gabriele Ordner, lebt in Schwabach.

Sabrina Ortmann, lebt in Berlin.

Johannes Osthaus, lebt in Wuppertal.

Ilse Pauls, 1941, Kinderkrankenschwester, lebt in Wien.

Claudia Penato, lebt in Solingen.

Monika Peters, 1942, Sekretärin, lebt in Rheinbach.

Ursula Puhl, 1958, Kinderpflegerin, lebt in Martfeld.

Alexander Rajcsànyi, 1952, Realschullehrer, lebt in Sandhausen bei Heidelberg.

Ingeborg Raus, 1941, Autorin, lebt in Kronberg/Taunus.

Katharina Schäfer, lebt in Berlin.

Willi Schewski, 1961, erwerbsunfähig, lebt in Flensburg.

Axel Schlote, 1968, Student, lebt in Osnabrück.

Elisabeth Schöffl-Pöll, lebt in Hollabrunn/Österreich.

Hille Schramm, 1955, Sparkassenkauffrau, lebt in Zetel.

Karl-Heinz Schreiber, 1949, Poet und Pädagoge, lebt in Goldbach/Unterfranken.

Erwine Schulte-Mohn, 1932, Grundschullehrerin, lebt in Weitefeld/Westerwald.

Kurt Schnurr, 1928, freier Schriftsteller, lebt in Mannheim.

Paul Schurr, 1965, im Reisegewerbe selbständig, lebt in Augsburg.

Karin Schwandl, 1960, Finanzbeamtin, lebt in Mauer/Österreich.

Barbara Schweiger, 1965, Industriekauffrau, lebt in Graz.

Christiane Seiler, Prof. für Deutsch an der Indiana-University in Fort Wayne, Indiana.

Susanne Sens, 1940, Tänzerin, Ballettpädagogin und Kabarettistin, lebt in Frankfurt/Oder.

Anna Six, 1937, Hausfrau und Teilzeitarbeit im Geschäft des Ehemannes, lebt in Simbach/Inn.

Carsten Sperling, 1964, Student der Umwelttechnik, lebt in Berlin.

Michael Starcke, 1949, Apothekerassistent, lebt in Bochum.

Ulf Steindl, 1939, Berufsschullehrer, lebt in Graz/Obersteiermark.

Reinhard Strüven, 1966, Sozialarbeiter in der Altenpflege, lebt in Krefeld.

Rüdiger Stüwe, 1939, Industriekaufmann/Lehrer, lebt in Ellerbek.

Manuela Stier, 1962, Werbeberaterin, lebt in Otelfingen/Schweiz.

Frank Suchland, 1962, lebt in Bückeburg, Lehrer und Liedermacher; der Text wurde entnommen aus »Ganz ohne Warnung«, mit freundlicher Genehmigung des Verlages David Drucke, Göttingen.

Ingrid Tatzel, 1967, Studentin, lebt in Mettmann.

Gundula Thors, 1947, lebt in Hamburg.

Waltraud Ulrich, lebt in Bremen.

Claudia Vibrans, 1969, Finanzbeamtin, lebt in Berlin.

Andrascz Jaromir Weigoni, 1956 in Budapest, seit 1979 freischaffend, lebt in Köln.

Heike Wenig, 1945, Ärztin, lebt in Dorsten.

Burkhard Werk, 1962, Verwaltungsrichter, lebt in Hilden bei Düsseldorf.

Dittmar Werner, 1949, lebt in Groß-Gerau, Lehrer.

Thomas Werner, lebt in Linz/Österreich.

Hans-Jürgen Weßlowski, 1954, Metall-Facharbeiter, lebt in Hagen.

Heinrich Wiedemann, Dipl.-Forst-Ingenieur, lebt in Lindenberg/Allgäu.

Karl-Heinz Will, 1954, Lehrer, lebt in Fredeburg/Sauerland.

Hans Wipperfürth, 1930, Industriekaufmann, lebt in Köln.

Dietmar Wolthaus, 1967, Postbeamter und Student, lebt in Bottrop.

Kurt Marian Wunder, 1950, seit 1990 freier Schriftsteller, lebt in Painten.

Peter Würl, 1946, Maschinenschlosser, lebt in Ronsberg.

Alfred Zoppelt, 1954, freier Autor in Wien.

Der Illustrator *Norbert Härtl,* geb. 1948, lebt und arbeitet seit 1980 als freischaffender Graphiker und Maler in München. Seit 1977 Gastdozent für Zeichnen an der Europäischen Akademie für Bildende Kunst in Trier. Ausstellungen im In- und Ausland.

Ein Hinweis zum Schluß

Kristiane Allert-Wybranietz wird auch weiterhin unveröffentlichte poetische Texte und Gedichte sammeln. Für 1995 hat sie bereits den fünften Band mit unbekannten Poeten geplant. Sie freut sich über jedes neue Manuskript, das zu ihr gelangt. Die große Anzahl der bisher eingesandten Texte hat allerdings gezeigt, daß es leider nicht möglich ist, alle Originale wieder zurückzuschicken. Daher die herzliche Bitte: Schicken Sie Ihre Texte nur in Kopie an folgende Adresse:

Kristiane Allert-Wybranietz
Zum Horsthof 6
3262 Auetal-Rolfshagen